메타노이아

메타노이아

초판발행일 | 2020년 5월 15일

지은이 | 오성근
펴낸곳 | 도서출판 황금알
펴낸이 | 金永馥
주간 | 김영탁
편집실장 | 조경숙
표지디자인 | 칼라박스
주소 | 03088 서울시 종로구 이화장2길 29-3, 104호(동숭동)
전화 | 02)2275-9171
팩스 | 02)2275-9172
이메일 | tibet21@hanmail.net
홈페이지 | http://goldegg21.com
출판등록 | 2003년 03월 26일(제300-2003-230호)

ⓒ2020 오성근 & Gold Egg Publishing Company Printed in Korea
값은 뒤표지에 있습니다.
ISBN 979-11-89205-62-1-03810

메타노이아

오성근 시집

황금알

한때는 청년이라 하고

이제는 노인이라 부르지만,

아니다 노인이 되기 위한 메타노이아는 아직

천지창조의 흑암에 가려 있다

우리가 끌어안고 사는 이 땅, 또한

너무 크고 무거워서

하늘길 나르는 기러기나 백로들이 있어야 하리라

밟을 때마다 아픈 발바닥

아니다 세상보다 큰 것은 내가 돌아갈 땅이다

차 례

1부

들국화 따기

들국화 따기

1.
내일 다시 초평草坪에 가리
저수지 건너 산골로 들어가면
목장 사슴 우는 소리 메아리로 비끼고
계곡에 만발한 들국화
잉잉거리는 벌들의 코러스
넋 나간 듯 낙원에 스며들기 위해

2.
들국화 속에 몸 던져보면 알리
꽃송이 하나에도 미치지 못할 목숨
시퍼런 낫으로 베어버리니
칼날에 베인 독한 향기
그늘진 골짜기에 진동하고
벌 한 마리 수고가 헛되고 헛되네

3.
잔인하게 독하게 숨 막히게
한 마리 짐승으로 향기에 취해
내 목숨 버히고 버히니
초평호에 잠기는 별빛보다
잔물결에 흔들리는 들국화보다
그 모두를 합친 것보다 향기로운 숨결이여

4.
어느 물안개 낀 새벽
잠든 수면에 소리 없이 미끄러져
자취 없이 사라진다 해도
천천만만의 들꽃보다 귀한 내 넋을
초평의 하늘과 물이 가르쳐 줄까
이토록 늦게 깨달은 자 있을까

5.
평생 살 것도 아니면서
액자를 바람벽에 걸었다 떼었다
다시 걸기 몇 번인가

퇴락한 농가 문패는 안 보여도
집안에 산수화 한 폭 걸면
나도 어엿한 집 주인

집과 풍경은 본래 내 것은 아닌데
평생 떠돌이로 사는 나
어찌 주인이길 바라랴

난세에 버리지 않은 고화古畵 한 점
실경 산수에 초가 한 칸 그윽하니
이제부터 그 속에 들어가 살리라

6.

밥 먹고 술 마시고 시 쓸 때도
벽이 있어 다행이다
둘러앉아 마주 보는 가족은 헤어진 지 오래
천정 낮은 부엌에 반듯한 식탁 있어
차 한 잔 올려놓으면 다탁이 되고
책을 올려놓으면 서가가 된다
이게 다 벽을 마주하기 때문이다
흙벽이든 바람벽이든
벽화를 치면 더욱 좋으리

7.
지나가는 구름그림자 보거나
놀다가는 참새 수다 듣거나

들풀 무성한 자갈마당에
빛바랜 의자 하나 있으니

허리 굽은 몸종처럼 늑골을 드러낸
저것은 가구인가

등 돌리고 앉은 등의자
오늘도 누구를 기다리나

8.
불 켜두고 나온 집 근처에서
길을 잃었네
구름 사이로
시냇물에 씻은 듯 비치는 맑은 얼굴 하나
둔덕길에 찍히는 내 발자국
소실점처럼 사라졌네
낯익은 곳에서 길을 잃고
달빛 따라 흘러가듯 걷는 길
불 켜고 나온 빈집
사방 둘러보아도
불빛 한 점 없더니
내가 나를 버리고
집마저 나를 버린 그 어디쯤
하늘에 뜬 희미한 별빛 한 점

2부

손바닥 그림

손바닥 그림

1.
너는 아니지
마지막에 남을 자
너는 아니야
그래서 내가 있다

자랑할 것이 네게 있고
내 가진 것은 거품
악어처럼 하마처럼
입 벌린 하품일 뿐

2.
어둠 속에 누가 있는가
밤이 너무 깊어
빛을 모르는 오지奧地
그곳에 누가 먼저 왔던가

그가 내게 와서
대신 어둠이 되어주고
나는 새벽으로 밝았으니
마지막 날 같은 나의 하루

3.
나는 아니지
마지막에 남을 자가
나는 아니지
그래서 네가 있다

홍수로 사라질 세상에
풀잎 배라도 띄워
돌아갈 곳 하늘나라
여기는 내 땅이 아니지

4.

나도 날 알지 못하니
잠시 잊고 있는 사이
창밖의 단풍나무
실내를 기웃거리는 사이

시내 건너 산길로
노랑나비 앞장서 날아가면
문 열고 따라 나가리

때로 길 잃지만
나를 아는 듯
오래 기다렸다는 말 한마디
들을 수 있다면

5.

목이 잠기는 외로움
밤이 너무 길어
기도를 시작할 저녁 어스름부터
새벽 여명까지

쓰디쓰지만
입안에 고이는 달콤한
고통의 시작과
잘 끝낸 마침표

사흘 길
그 음성 못 들으면
또 하룻길
새벽을 깨우리

광야 넘어 광야

무엇을 거부하랴
마지막은 독배毒盃
입과 귀를 닫으리

6.
네발짐승 중에
고개 숙일 줄 아는 건
너뿐

머리 든 짐승 모두
수천수만 마리
오늘은 고개 숙여 섰구나

목이 길어서가 아니라
목이 말라서가 아니라
지금은 초식동물의 계절

네 헐거운 턱과 선한 눈
잠시 나를 바라보렴
하늘 높은 줄 모르던 나를 보렴

걸을 수 있는 목숨 모두
왜 머리 숙여 땅을 보는지
알 수 있을 것 같다 오늘은

7.
차가운 마룻바닥에
방석 하나
그가 없는 빈자리

이마가 차가운 새벽
밤새도록

무릎으로 다가간 사도신경

그가 남긴 기도를 알겠다
홀로 머리 시려운 십자가
가슴 한가운데 걸리다

8.
새벽에는 인왕산에서
저녁에는 삼각산에서
그가 기도하고 있다면

당신이 출항하는 아침
고개를 숙이는 정오
조용히 불타는 오후

오늘은 침몰하는 선단

사막의 세 번째 신기루
그 여자는 아직 기도하고 있는가

9.
육체는 서글프다
남자의 갈비뼈 하나 때문에
아름다워야 하는 바램
모든 여인의 육체는 눈물겹다

육체는 무익하다
갈라진 뼈 한 마디라도
제 것이 아닌 걸 안 순간
모든 육체는 허물어지는 중이다

10.
누워서
내 키만큼 자리하고
누워서도 닿지 않는 지평선 근처
희미한 별 가까이
영혼을 찾아 떠도는 사이
풀잎 같은 육신은 늙더라
찬 이슬에 젖어 마를 줄 모르더라

11.
이 만큼 속았으면 됐다
얼마를 더 감추려느냐

잠든 척 죽은 척 못 본 척해도
내 등 밟고 넘어가는 너

내가 네 원수라 해도
넌 내 은혜로구나

12.
기적 소리가 짧다
산모퉁이 돌아올 때

단풍잎보다 짧다
이른 잠을 깰 때

거인의 발걸음처럼
한 번 일어나 크게 쓰러질 때

13.
하늘로 머리 들 수 없으면
눈앞에 손바닥 펴서 본다

잉걸불 스러질 때
손끝을 세워 본다

벗은 몸 가리려고
한평생 수고해도

손과 발 부끄러워
심장 가까이 모은 손

첫 장 열을 때와
마지막 장 닫을 때

날 대신한 못 자국

손바닥 그림

14.
따뜻한 가슴에 안겨
차가운 가지를 쓰다듬는
은은한 숨결이었다가
체온으로 만나는
이 수수께끼를 풀 수 없더니

세상이 다 알고 있어도
저만 모르던 소문처럼
문득 가슴에 다가온 진실
깊은 산과 들만 아니라
밟고 가는 모든 길
뜨거운 땅 위에
숨 쉬는 지도로 남아

불멸이라 쓰고 소멸이라 말한다

15.
신화가 된 생애
그가 남긴 손바닥 그림

외로움과 굶주림 끝에
마침내 도달한 실어증(失語症)

16.
체홉처럼
고흐처럼

참는 것이 전부
아직은 견딜만하네

혀 깨물지 않아도
손톱 씹지 않아도

남은 것이 인종
병 깊으니 감사
그때 건네준 포도주 한 잔
오랜만이군 사양치 않겠네

지붕 밑 셋방을 전전하다가
보리밭 외길을 헤매다가

방아쇠 당긴 후에도
멈추지 않은 심장

그때 곰방대 한 모금
오랜만이군 연기처럼 가벼이 떠나겠네

3부

귀촌일기

귀촌일기

1.
집을 허물고 다시 짓기 전
처음엔 농사꾼 집이었다

지게일 따를 자가 없다던 상일꾼
먹이던 소에 받쳐 죽은 뒤

빈집이 된 농가에 이사 와
서너 해 혼자 살았다

십 리 밖에서 캐온 담쟁이가
봄부터 가을까지 지붕 덮는 황토집

일찍 눈뜨는 새벽마다
비로소 고향에 돌아온 안도감

이 집에 살면서

내게도 고향이* 생겼다

2.
이 집에선 아이가 태어난 적 없다
내가 집주인이 된 후
마당에서 강아지가 강아지를 낳고
제 새끼를 키우는 걸 보았으나
이 집에선 아이가 태어난 적 없다
내 자식들은 저희가 태어난 집을 기억할까
나도 내가 태어난 아비 집을 잊은 지 오래
예전에 있던 농막을 허물고
그 터에 새집을 세웠다
외양간이 있던 옛 마당이 다시 보고 싶다

* 김광섭 「회상」에서

3.
내가 누운 침실은
창문이 없던 골방
거기서 노부부가 차례로 죽었고
집 나간 아들은 돌아오지 않았다

썩은 서까래에 전깃불이 희미한 마루엔
들쥐와 벌레가 들끓고
흙 마당에 배암이 지나갔으나
나는 이 집에서 살기로 했다

혼자 살기에 너무 외져서
돌 위에 돌을 얹어 화단을 꾸몄으니
외로움에 길든 귓가에
들을 건너오는 긴 종소리가 들렸다

태어날 약속이 없으면

남은 날 하루뿐인 듯 살아야 하리
뽕나무 아래 태어나 그 자리에 묻힌 백구
사랑받던 때의 그 눈빛을 나는 잊지 못한다

4.
가슴이 큰 바위에 부딪혔습니다
들녘에 등을 기댄 듯
외로이 잠든 꿈에서
나를 불러 깨우는 종소리
바위처럼 굴러와 부서집니다

하늘이 갈라지는지
산이 무너지고 골이 열리는지
당신이 부르시는 음성
천지는 입 다물고 나는 귀먹어
잔 위에 금 간 듯 핏줄로 남았습니다

5.
마루를 넓혔어도
기둥은 예전 그 자리

아무 때나 부딪치는
이마와 옆구리

기둥을 옮기면
집이 무너질까

지붕 떠받친
기둥목 하나

부딪칠 때마다
몸뚱이는 하나
낡은 집 떠받듯
내 슬픔도 오래되었다

6.
한밤에 매장하는 인부처럼
마당을 파헤치고
해바라기 몇 그루 심다

한여름에 피는 꽃
꽃이 피기까지는
한 철을 기다려야 하는데

심장 이식하듯
봄비 내리는 늦은 밤
멀리서 옮겨 온 뿌리를 심다

고개 넘어 외딴 농장에서
비료부대에 넣어 온 연한 뿌리들
식물에도 심장이 있을까

한여름에 피는 꽃
변방의 고장들마다
태양의 신화를 기리던 과거

신은 죽었다고 누가 말하는가
묘지에서 훔쳐 온 듯
한밤에 생명을 옮기는 전도자도 있다

7.
누가 이토록 절절히
손 내밀어 준 적 있던가
닿지 않는 허공중에
바람만 스칠 뿐인데

네 손목이 가늘어서 만이 아니다
한번 잡으면 놓지 않는 치정 때문도 아니고

모두 내려놓고 살아야 하는 자갈마당에
바람도 이슬도 벌레도 머물다 떠날 뿐

나는 아무것도 아니구나
하늘이 내려주는 긴 동아줄이 아니라
등나무 그늘 아래 고개 숙인
들꽃 한 송이가 오늘은 마당의 주인이다

8.
자라지 않는 꽃도
제 키만큼은 큰다지만

저보다 큰 꽃나무와
키재기 위해

씨를 남긴다

이 세상 가장 작은 씨를 남긴다

9.
하늘을 붙들고 기도했더니
나는 이제 땅에 살고 싶지 않다
땅에는 땅의 신이 있고
하늘에는 하늘의 신이 있는 줄 알았으나
아버지가 있으니 아들이 있을 뿐
이제 다른 신神은 없다

꿈에서 마신 술은
어두워질 때 마신 술보다
더욱 오래 취해서
새벽이 와도
어제의 작별만큼 낯설고 희미해라

그러므로
술병에 남은 술이여
너와도 작별이다
꿈에서도 안녕이다

내가 돌아갈 곳
깨어서만 보이는 문이 있다

10.
꽃 한 송이 피우거나
이슬 맺힌 풀 한 포기라도 있었으면

바위에 오른 날 보고
산이 옆에서 비웃고
새가 날며 놀리고
지나는 구름이 눈 흘기니

인생이 부끄러워 나는 울었다

올라갈 수 없고
내려설 수도 없어
외딴섬 같은 바위 붙잡고
짐승처럼 나는 울었다

밤새 기어오른 곳은
발 디딜 수 없어
칼날 세운 봉우리

올라갈 수 없고
내려갈 수도 없어
구름바다 떠돌며
하늘 향해 부르짖었다

십자가에 홀로 서신

사람의 아들
그가 날 손 잡아 줄 것을
꿈에서도 애타게 기다렸다

11.
이마를 닦자
새벽에 눈 뜨면
안마당 쓸 듯 이마를 닦자

먼 사흘 길
성산聖山에 오르면
하늘 문 다시 열릴까

내게 주실 계명
돌판에 정으로 쪼듯
이마에 새기리

무쇠 같은 해 아래
활활 벗고
하루 한 번은 이마를 쪼으리

12.
시골 밤은 캄캄하다
마을과 마을 사이가 멀다
산과 들 가운데
아직 문 닫지 않은 집 있을까
어둠을 찾아 간 사람에게
밤은 더욱 캄캄하여
멀리 들 가운데 지나가는 야광등처럼
불빛 없는 공간에 시간이 흐르고
벗겨진 구름 사이에 별 하나
존재란 고독할 수밖에 없다는

외로운 산책자의 결론이
집을 향해 돌아서는 반환점이 된다

시골 밤
마을 입구 한 점 외등이
불면으로 흐려진 눈빛을 닮다

13.
여기는 울부짖는 언덕
기차가 소리치고 지나간 뒤
언덕 위의 집
한동안 입 다물더니
지붕에 올라앉은 키 큰 그림자
바람의 족보와 망자의 이름을 부르는 소리

기차가 다시 바람처럼 통과하면

뒤따라 부르짖는 하늘과 대지 사이
지나가는 것은 모두 멀고 아득해

노래하고 싶은 사람은
이곳에 와서 부르게 하라
여기는 외치는 땅
오래된 가문은 끊겼어도
천상의 목소리가 떠도는 옛집
불멸을 알고 싶은 자 여기 와서 배우라
다만 나는 스쳐 지나가는 보행자
기차는 이곳에서 멈추지 않고
떠난 사람 다시 돌아오지 않네

14.
바람 지나갈 때마다
건너편 대숲에 숨는 것

눈 들어 보면 감추고
눈 감으면 훤히 보이네
청홍 띠 몸에 둘러
살얼음판 줄 위를 걷는 남사당패인 듯

댓잎 보다 가벼이
바람보다 빠르게

내 등에 업히고 싶어 하는
저 어리디어린 것

15.
모래처럼 살라 하시니
당신은 누구시기에 나더러
모래가 되라 하시는가

더 이상 쪼개질 수 없는 입자粒子
모아도 흩어도 쓸모없고
버려진 땅 바람에 날리는 티끌

나는 영원한 떠돌이
불덩이로 태어나
유성이거나 낙석이거나 사막이 되지만

당신은 만물을 지으신 이
일체를 짓기도 허물기도 하시면서
영혼보다 가벼운 사암(砂岩)이라 하시는가

생명이 사라진 곳에 생명을 불러내고
바위처럼 차가운 영혼도
용암보다 뜨겁게 품으시는 전능자가
손바닥에 올려놓고 바라보시며

너는 산 같이 높아져도
모래로 돌아가라 하시는가

16.
주는
아침에 내 음성을 듣고 기뻐하시는
나의 님이시니이다
가까이 더욱 가까이 뵙기 위해
어둠이 걷히기 전 떠나는 길
때를 움직이는 별들이 좌우에 있고
먼 곳에 불빛 하나 지켜 섰으니
무엇을 내가 두려워하리오
마음에 정한 길이 있어
주의 말씀이 증거가 되오니
걸음마다 묵상이 이어지리이다
주의 입에서 나온 계명 외에

입술이 구하는 것은 모두 무익함을

이미 깨달았사오니

오직 주의 말씀과 도를 따르게 하시고

내 지킬 성실과 순결이 되게 하소서

주의 계명은 아침에 부를 나의 노래이며

주께 아뢰는 기도

나를 의롭게 여기실 믿음이 되리니

주는 새벽에 나를 깨우시는 영이시니이다

내 찬송 듣고 기뻐하시는 님이시니이다

17.

거친 땅에 뿌리내린 풀들의

이름을 다 외우기도 전에

움켜쥔 손가락에 뽑혀 나온 잡초를

불같은 햇볕에 버리다

사랑하지만 함께 살 수 없다는 여자와
차라리 사랑 없이 살기를 바라지만
씨 뿌린 수고 없이 내 땅 차지하려는
무법자들과 이웃이 될 수 없다

땅을 차지한 모든 이름을 익히기 전에
나의 이름으로 나를 호명하신 이
여섯째 날 날 지으신 이가
오늘은 내게 풀씨 이름을 부르라 하신다

나보다 먼저 가슴에 품었던 씨 한 톨
맨손으로 고른 작은 영토에 묻었으니
이것이 내가 택한 삶
하늘 정원 같은 자갈마당

18.

네가 처음 와서 심은 꽃이

금잔화金盞花인 걸 잊지 못한다

타버려 재가 되는 대신

기름 되어 뜨겁게 끓어오르는

황금빛 크롬 옐로우

이 낯설고 먼 황무지에

나를 지켜줄 높은 울타리 대신

네가 처음 가르쳐 준 것은

금화를 닮은 키 작은 풀 꽃 이름

서부의 사나이들이 목숨 걸고 지킨 약속

이빨로 물어서 확인하는 순도 백 프로

그 보화를 찾으려

앞으로만 달려간 숱한 골드러시 끝에

타오를수록 시들지 않는 꽃다발 들고

이 여름 다시 네가 찾아 왔다

19.

두껍아 두껍아
세 발자국 옮기다
해 저무는 우리 집 마당

부서진 흙담에
나팔꽃 한 송이
파리한 입술을 닦을 때도

보이느냐
하늘 오르는 실낱 같은 줄기
꼬이고 꼬여도 눈에 띄느냐

두껍아 두껍아
너는 새집 찾아가지만
하늘 문 열리는 헌 집이 나는 좋더라

너는 비 새지 않는 집 찾아가지만
나팔꽃 피는 헌 집이 나는 좋더라

20.
둔덕 위 외길 따라
별 사이 오며 가며

캄캄한 논길 따라
반딧불 날다가 쉬다가

둔덕 아래 잠든 마을
하늘로 이사한 듯 보이지 않고

21.
반백 년만에 고향을 찾듯
닥터 지바고를 다시 읽는 이 여름

결혼 34주년인 오늘은 광복절
처마 밑에 태극기를 게양한다

지나는 사람 드문 시골 외딴집
이슬 비 내리는 이른 아침

지난해 개축한 주택 넓은 창 앞에
처음으로 선명한 국기가 나부낀다

앞으로도 일 년에 두 번
삼일절과 광복절엔 태극기를 달리라

해방과 전쟁과 혁명은 오고 갈지라도

하나님이 지으신 영혼은 이 땅의 백성이니
영토와 생존과 자유
온 땅과 족속이 누리는 해방

내 집 앞 외딴 길 비에 젖어
아직 늦잠에서 깨지 않았어도

모든 길은 고향을 향해 오고 있는 듯
오색기 펄럭이며 달려오지 않으랴

내 인생은 진행중이고
더 큰 약속 아직 눈앞에 있으니

한 세기 전 보리스 파스테르나크처럼
죽음보다 광활한 자유를 노래하리

22.

나는 농사짓는 사람이라 집을 비울 수가 없습니다
스웨덴 한림원의 초청을 정중히 사절한
미시시피주의 농부 윌리엄 포크너씨
농사일로 바쁘다는 건 핑계일 테죠
사과주에 매일 취했거나 벗은 발로 숲에서 길 잃거나
닭들과 돼지가 집안에 들어와도
그늘 흔들의자에 앉아 낮잠을 즐기실 당신
고양이와 노는 일로 소일하거나
새로운 소설을 구상하려고 쉽게 못 떠났겠지요
노예로 태어난 흑인 소년이 평생
주인집을 떠나지 않고 늙어가듯
남부 사투리로 읊조리는 흑인영가에 홀리거나
저주받은 자의 영혼이 외우는 기도문을 엿들으며
어둠의 심장 가까이서 떠나고 싶지 않았겠지요
나는 농사도 짓지 않고 이야기를 만들지도 않습니
다만

내 작은 소유의 정원을 하루도 떠날 수 없습니다
하루도 기도와 묵상을 쉴 수 없습니다
당신의 머릿속에서 태어난 작은 읍내처럼
벌거벗은 채 헤매는 영혼들이 나의 이웃
상한 심령을 위로하라 하시니
어찌 하루인들 멀리 떠날 수 있겠습니까
친애하는 소설가 윌리엄 포크너씨?

23.
당신을 초청하기 원했으나
올여름도 그냥 지나갑니다
내가 갈 수 없어 당신이 오길 바랬으나
시간이 지날수록 결정은 더딘 것

불러도 못 오겠거니
소식 기다리다 지쳐버려

이렇게 또 한 철이 가버리면
기억조차 희미해지겠지요

그러므로 보고 싶은 벗이여
이후로 다시 보지 못하게 될지라도
허물로 여기지 말고 상심치 않으시길
필요 없이 오고 갈 일 다시 없겠지요

모든 그리움은 단절에서 비롯된 것
이곳은 세상과 너무 멀고 적막하고
나 또한 넉넉지 못하다는 소문 아실 터이니
다시 못 볼 바엔 이처럼 마음 편한 것을

4부

노년의 뜰

노년의 뜰

1.
고뇌하라 그려라 시를 지어라
계속해서 살아라
— 헤르만 헤세

장미에게 절하라
꽃들 앞에 고개 숙여라
열매 없는 나무처럼
잎만 무성히 푸른
부끄러운 나날들이 흘러갔다
꽃보다 가시를 위해 비에 젖고
햇빛과 바람과 침묵을 놓쳤다
이제 장미에게 절하고
꽃들 앞에 머리를 조아리자
일하듯 기도하는 손
그 손으로
심기도 거두기도 하시는 이가
오늘 자갈마당으로 나를 부르신다

2.
첼로를 켜는 집 앞으로
서둘러 귀가하는 발자국 소리

밝은 실내에 흐르는 선율이
언덕길 따라 멀어지고
현을 쓰다듬는 활이
아름다운 종장을 향해 날아오르면

낮 동안 고추밭에 떨어진 땀방울은
다섯 현 위에 미풍을 부른다

노동으로 눈부시던 햇빛
천사의 녹색 띠를 둘렀는데

옥수수 무성한 잎들 위로
바람의 손가락 수만 번 스쳐 갔으리

밖에서 안을 엿보듯
실내에서 어둠을 응시하기 위해

일제히 소등하는 시간
벌레들의 현악이 새 악장을 연다

3.
비가 와도
집으로 돌아가는 잠자리 날개는 젖지 않는다
땀과 빗물과 눈물을 구별 못 해
종일 칼칼한 목을 적신 막걸리로
저무는 앞산이 겹겹으로 비칠 뿐
저녁 어스름이 산에서 내려와
마을로 스며들 때
소 몰고 돌아오던 것도 옛날

갈대 끝에 내려앉는 잠자리는
내일을 위해
또 하루가 저문다는 걸 알지 못한다

4.
문패 없는 내 집 마당은
어느덧 가을 나비들의 통로
햇빛만 따가운
향기 없는 자갈밭을 어찌 찾아오는가
빈집 댓돌 위에 엎드려
잠시 여신처럼 잠들려는 걸까
내 시름 한가득 지고 지금 막
고추밭 너머 사라지는 눈먼 사랑이여

5.

소나무가 구름처럼 떠 있는
옛집의 창틀은 낡았다

가버린 사람 대신
구름 피어오르는 청솔

때로 달음박질하는 빗소리
쓸고 가는 바람 한 줄기

마음만은 변치 않으려
세월만큼 휘어진 문설주

6.

그림을 그리지 않는 화가
손에 화필을 들지 않았어도

눈은 붓을 들어 화폭을 채우니
들을 본 다음 뜰을 보고
멀리 산을 대할 때
조용히 때로 불타듯
형상과 색채가 새롭게 피어오른다
지고 나서 다시 피는 달리아
그 보랏빛
수혈하듯 혈관에 흐르고
고독한 노년의 뜰에 핀
연인 같은 칸나
붓길 멈추고
오래 시야에 담아도 다 담을 수 없어
푸른 산맥과 구름은 청춘의 신화
차라리 풀과 꽃 대신
역사가 숨 쉬는 벽화를 그리자 한다

7.
길가에 흔들리는 들꽃 한 송이
날 위해 핀 듯하지만 아닌 것 같고
가까운 듯하지만 멀어 보이고
내 안에 있으나 닿을 수 없고

불 켜져 있는 외딴집 하나
주인 있는 듯하지만 비어 있고
오늘 이 시간 살아 있어도
내일을 모르는 나는 떠돌이

한 번만이라도
꽃이 되고 나비 되고 주인 되어
네가 있으매 내가 살고
영원은 끝도 시작도 아닌 이 순간

8.
지금은
숲이 흔들린다
머리 꼭대기까지 휘감고 오르던
푸르른 넝쿨이
한 줄기 바람에도 온몸을 떤다

숲속에 어떤 새가 깃드는지
무슨 꽃이 피고 지는지
한 철이 지나도록 알 수 없더니
바람이 불 때마다
빗장을 풀 듯 조금씩
틈새를 열어 보이는 걸까

가슴은 아직 식지 않았다
불길 같이 날리던 머리카락을
서늘한 손가락이 스쳐 가는 걸 느낀다

오색의 꽃잎들이
떨어진 자리에서 다시 싹튼다

바람이 빗장을 흔들어도
아직 문을 열 때가 아니다
숲 가운데 샘터를 알고 있으니
숨어들 듯 발 벗고
찾아갈 시간이다 지금은

9.
떨어진 풋고추 몇 개
버리기 아까워 입에 넣었더니
밋밋하고 엷은 풀맛
아침 점심 저녁까지
깻잎과 상추와 풋고추로 가득한 배
푸른똥을 누도록

소처럼 배를 채우니

소처럼 방목하는 나날

수시로 쏟아지는 산 같은 낮잠

꿈에서도 나는 푸성귀가 되리

토마토가 익는 꿈을 꾸리

옥수수 대처럼 어린아이 업고 달래는 사이

해바라기 영그는 가을이 오리라

내게 남은 일

검게 그을은 씨앗 품에 안고

추수 기다리는 허수아비 만나는 그날

10.

날 보고 싶은 이가 한 영혼도 없음을

뒤늦게 깨닫는 저물녘

내 집 흙벽에 등나무 넝쿨이 단풍들어

빈집이 불타듯 외치는데도

듣는 이 나 혼자고

침묵 외에는
들을 말씀이 없다 하나
마당 생울타리에 모여 앉은
새떼들만 할 말이 많은 듯
곧 해떨어지고
새들도 잠잠하면
기다리는 사람 기어이 오지 않아도
마지막까지 나를 보는 이가 계시니

밤새 은성하게 진행하는
성좌들의 눈짓과 수런거림
붕대 벗은 얼굴로 마주 볼 그분을 맞기 위해
차라리 침묵은 풍요로운 잔칫상 아닌가

11.
그녀의 눈은 묻고 있었다
당신은 내 편인가
내 눈은 그녀에게 물었다
이 고통은 너의 인내인가

우리는 알고 싶은 것이다
인내가 서로를 닮기 위해서라면
오직 잘 참기 위해 존재한다면
얼마나 오래 바라보기만 해야 하는가

그러므로 이렇게 부르는 피가
몸 깊은 곳까지 돌고 돌아
다시 심장으로 돌아오기까지

눈으로 묻고
영으로 믿어

이 땅에 없는 영생으로 들어가기까지
오 사랑하는 자여

12.
자갈 사이로 풀꽃이 피고
두꺼비가 한 걸음씩 쉬어 가는
하늘 아래 숨은 뜰
한 조각 햇빛이
깨진 거울에 얼굴 비치듯
잠시 빗줄기 멎은 마당은 살아 있다
얼금뱅이 못난이도
정 나누면 새끼 낳고
죽을 자식 살려내고 병든 짐승 낫게 하듯
마당을 살리는 힘
호박밭에 똥거름 버려도
나비랑 개똥벌레 모여드는

자갈마당이 나를 살린다

13.
가을배추를 심은 후
해 뜨겁기 전 물주고
그늘에 앉아 소설 의사 지바고를 다시 펴면
나는 어느덧 멀고 먼 우랄산맥 넘어
라라와 동거하던 산골 소읍을 찾아간다

혹독한 겨울을 겪듯 모진 이별을 앓고 나서
녹슨 기차들이 멈춰 선 들을 통과한다

어디서나 혁명과 전투 이별의 슬픔과 굶주림으로
사람들은 빨리 늙어갔다
얇아진 심장으로 시대의 중압을 견디지 못해
봄날 만원 전차에서 숨을 멈춘 주인공

문득 세상은 왜 이다지 소란한지
싸우지 않고는 살 수 없는지
다시는 행복을 느낄 수 없을 것인지
해답을 찾지 못하면 살 수 없다고 생각한다

이제부터라도 꿈꾸는 대신
감자와 옥수수 고추와 배추를 심고
봄에 뿌릴 씨앗을 갈무리하거나
틈만 나면 무작정 들길을 걸을 것이다

14.
빛깔 고운 거미가
그네 타고 내려오는 시간
벽과 천정에 가득한
수수께끼 풀 길 없고

내가 사는 나라는 날 가두어 두고
오가는 길 끊겼으니
밤과 낮의 구별이 사라진 이 시간
집 앞의 돌층계에 앉아
나는 소리 없이 울고 있네

15.
초록의 그물에 빠지다
대지에 엎드리다
지평선 산과 들
띠와 매듭과 고리로 묶기 시작하다
다시 일어설 수 없도록
하늘은 위에서 등을 누르고
땅은 손을 뻗어 끌어당기니
초록의 제국에선 유언조차 없다

나는 이제야 뿌리로 돌아간다

살과 뼈 색과 형질

희미해지다 자취를 감춘다

모두가 단단히 옭아맨 넝쿨의 일부이다

5부

메타노이아

메타노이아

1.

알프스 산 전체를 다 사랑한다는
유럽인을 부러워한 적 있어도
한반도 전부를 사랑하는
나는 태초부터 코리언

앉으나 서나 어딜 가나
눈 닿는 곳마다 기억나는 옛 땅
이산가족이라 슬프다지만
머리 두는 곳마다 나의 안식처

알프스에 봄이 오면
유럽 전부가 숨 쉰다지만
십만 년 전 화석까지도
뼈와 살로 마주 닿는 오늘
건널 수 없는 강
끌 수 없는 불기둥을 세워

흩어진 백성을 건너게 하실
여기가 약속하신 새 땅

2.
풀독이 올랐던 팔목은
가을 되니 잔주름이 잡힌다

바랭이풀 매주콩잎
지울 수 없는 풀들의 흔적

낫으로 베고 손으로 뽑아
흙더미에 거름으로 쌓이나

내년 봄엔 제일 먼저 움 돋으리
내 얼굴 더 깊이 주름 잡히리

3.
종에겐 남은 것 없으니
하루 중 첫 시간
새벽에 목숨을 걸었다

밤이 가고 아침이 오면
천년이 지나가는 끝과 시작
그 첫날을 드리기로 했다

어둠이 깊음 위에 있어
빛을 알지 못하던 그때
빛이 있으라 하던 음성

날이 밝으니
해오라기처럼 날아오르는
하얀 깃털의 숨결

떠도는 먼지 한 알갱이에도 깃드는
그 눈부심으로 하여
오늘은 마지막처럼 살기로 했다

4.
논둑길 지나는 내게
풀모기가 발등 깨물며
농부처럼 뱉는 소리
장화 없이 시골서 살래?

산길 내려오다
때 이른 가랑잎 어깨를 칠 때
나무꾼처럼 볼멘소리
상한 갈대가 그중 불이 잘 붙는다

밤늦게 집에 들어서니

자갈마당 모퉁이로
숨죽여 사라지는 개똥벌레
날 만나려거든 개울로 나오렴
지치고 졸음 겨워
들어도 못 들은 척
방 문고리 잠그며
너희들이 여름밤 꿈을 알아?

5.
가을이 짧아진 이유를
집사님
부자들 탓이라 하지 마세요
봄이 짧아진 것이
여름이 길어서가 아니고
이별이 길어지는 이유가
너무 오래 머물렀기 때문이 아니며

기쁨이 줄어든 것은
눈물이 짜기 때문이 아닐 거예요
이유는 말할 수 없어도
올가을이 길기를
이별은 짧기를
지구를 찾아오는 가을 그림자가
회개를 위한 것처럼
끝없이 길어지기를 기도하세요

6.
귀 있는 자가 깨어 들을 때
저를 위해서만 쉬지 않는 호흡처럼
경건을 가르치신 이가
오가는 때를 알리지 않으시랴
예비한 시간이 영혼을 부를 때
가장 약한 새의 부리로 쪼으다가

찢긴 날개로 부딪는 소리
종소리 없이 새벽은 오지 않는다

오래된 전설처럼
귀가 있어도 듣지 못하는 영혼을 위해
전율하듯 다가오는 음성
피 흘림 없이 동종은 울리지 않는다

7.
태풍이 통과하는 사이
옥수수를 딴다
태풍이 북상하는 날
긴 옥수숫대 모두 쓰러지기 전
태풍보다 먼저 밭에 들어가야 한다
강풍과 팔씨름하듯
천사와 씨름하듯

내 머리보다 높고 허리보다 굵은

옥수숫대를 제압한다

부엌에 범람하는 빗물을 퍼내고

불 피워 옥수수를 삶는다

가장 행복했던 시절

밭곡식이 익어가던 어느 긴 여름

끓는 양은솥에 옥수수 가득했던 걸 못 잊는다

기적의 옥수수 씨가 검은 대륙을 먹여 살리고

불행한 북쪽 땅의 기아를 해결할 거라는

한국의 어느 육종학자를 나는 제일로 존경한다

비 내리는 새벽

손수레에 실려 마을회관 앞마당에 쏟아 놓으면

짙푸른 동산처럼 쌓이는 옥수수 포대

어미 품에서 갓 떼어낸 신생아처럼 보여도

줄기에서 떨어지자마자 생명이 끊기는

너는 다만 산골 마을의 작물일 뿐

오늘은 화물차에 실려 빗속 길을 떠난다

마지막 도착지는 먼 도시의 대형 마켓
포장에 찍힌 생산지 표시도 젖어있으리
남해의 등푸른생선과 나란히 판매대에 오르리
산밭에서 날마다 몸집 불리며
한줄기 푸른 바람에도 푸른 치마 일렁이며
해산을 꿈꾸던 나의 신부 같은 옥수수여

8.
성긴 햇볕 아래
벌초 끝낸 묘역
중머리처럼 머리꼭지가 훤하다

아직도 내 근심과 슬픔은
무성하게 자라서
집으로 가는 언덕길을 감추고 있다

길을 잃지 않으려면
발목 부러진 의자라도 세워 두라고
너는 말했지만
길 못 찾아 한참을 헤맸다지만
무덤 아래 숨은 내 집은
아직 풀숲에 맡겨 두련다

잔이 차면
흘러넘치도록 버려두리
마시지 않으면 취하지도 않으리

망자의 묘는 잊지 않고
찾아가 벌초해도
산 자의 봉두난발은 바람 탓이라 하지

이제는
이슬과 바람과 별빛으로

명징한 눈을 뜨고 살리라

9.
운명을 바꿀 것
인생을 송두리째 바꿔야 하리

늦지 않았으니
지금이 가장 좋은 시간

다음 작품을 준비할 것
변비에서 해방될 것

호흡이 멈출 때까지
새벽기도와 달리기를 계속할 것
체질도 기질도 뇌세포까지
바꿀 수 있는 건 모두 바꿀 것

시골에서 사는 방식
더 깊은 산으로 들어가는 것
지금은 모든 게 초록의 변색

하늘빛 산빛 그림자까지
초록의 무진장한 변화
봄부터 가을까지
벼들이 익어가는 들의 초상화
그 진보와 발전이 나를 환희케 한다
자신으로부터 근거하여
자신으로부터 탈출하기까지
달라질 것 모두 버릴 것

10.
난 과연 할 일이 없는 걸까

창문 아래 구덩일 파고
잎사귀 피기 시작한 대나무 한 그루
옮겨 심은 하루

개똥 묻고 물도 흠씬 주었으나
지금은 가을걷이가 한 창
추수할 것 없는 자갈마당은
오랫동안 발길이 끊겼다
일찍 꽃이 시드는
해바라기 썩은 이파리만 뒹굴더니
뒤뜰 한구석 돌무더기에
솟아오른 대나무 한그루

파헤칠수록 뿌리는 깊어
언덕 아래 대숲까지 뻗쳐와
마침내 안 뜰에 이르렀으니
이 가을 내가 한 일은 이것 뿐

아직 끝나지 않은 한 해
끝내지 못한 기도
어린 대나무 한 뿌리
그녀 방 앞에 옮겨 심었다

11.
오토바이를 길가에 세워 두고
울타리 넘어 야산 밑에 혼자
밭을 태우고 있는 윗말 장씨
바람 불지 않아 곧게 연기 솟아오르는
오늘은 불 피우기 좋은 날

연평도에 다시 포성이 울리면
피난민이 그때처럼 포구로 몰려나올까
오늘은 휴경지를 태우는 날

밭 모퉁이에 앉아 콩 터는 할매는
모닥불이 이처럼 그리울 수가 없다
훈련병처럼 나는 걷지 않고 뛰어간다
침투 공작조처럼 뜬 눈으로 새운 밤들
무지와 탐욕으로 씨 뿌린
수확 없는 빈 들을 탄식해 무엇하리
예측 못 할 불행이라면 원망해 무엇하리
들을 태우는 연기가 하늘로 오르듯
내 마음 평화로워라
여기는 신이 지켜보시는 자유민의 땅
지금껏 산 것도 내가 택한 길이니
시야 끝으로 사라지는 큰길을 따라
조랑말처럼 달리고 싶다
마차 바퀴 선명하듯
아침이슬 시들지 않는 산야를 밟고 간다
나를 광활한 곳에 세워주소서 부르짖는다

12.
오직 네 그루만
텃밭에 남겼으니

보리수 하나 매실 둘
올해 심은 어린 대추

가난은 부끄럽지 않아도
아주 가난치 않게

과실수 네 그루
나의 가진 전부네
젖소나 새끼 밴 염소 대신
뿔 높은 여윈 나뭇가지

수백 평 묵은 땅임자는
어디 사는지 알 수 없고

해 뜨고 지기까지
시 짓기에 고단하지만

사방 십여 리 안팎에
수천 그루 시상을 가꾸는 중이네

13.
내가 노을빛으로 저물지 않으면
땅끝에 어둠은 오지 않고
내가 발갛게 물들지 않으면
한 잎 낙엽도 질 수 없다

사랑하지 않고서야
사랑의 기억인들 오래가지 못하니
무심코 손 내밀 듯

떨어질 것을 주워들면

셀 수 없던 시간의 궤적
환하게 뚫려 비치는 세상
한 마리 새가 가지를 흔들 듯
놀란 가슴이 푸드득 날아오른다
지중해를 건너
로마를 불태운 사도의 서신이
눈에서 눈으로
손에서 가슴으로 옮겨간 흔적

오늘은 노을빛으로 붉게 타올라
불로 사를 수 없는 복을
남은 불씨가 세상을 밝히니
한 영혼이 만민을 살리는 징표

14.
동구 밖 은행나무는
멀리서도 손짓하며
이름을 외우다 외우다
나뭇잎 모두 이름표가 되었다
그리운 이름을 새기다 아로새기다
샛노랗게 물이 들었다

내가 찾아오기 전
오래전 있었을 약속
아무도 기억 못 해도

저 혼자 약속을 지켜
저 혼자 역사를 섬겨
몇 섬지기 열매를 맺었다

누군가가 나를 기억하고

나도 약속을 지켜
멀리서 찾아오는 날
처음 보듯 새 눈으로 단장하리라

15.
저물녘 언덕 오르는 길에
발끝에 채인 잔 돌멩이
구르다 문득 멈추더니

지는 해 등에 업고
제 몸보다 부푼 그림자 앞세워
날 향해 눈 부라린다

항변하듯 분노하는 외침을 들어보아라
벌레나 풀잎같이
가을볕에 풀 죽는 목숨들 중에

수그러들지도
상하지도 않고
썩어지지 않는 세월을 아는가

해지고 나면
그림자도 그늘도 스러지지만
별처럼 살아남는 영롱한 존재

비록 먼지 되어 사라지더라도
태초부터 지음받은 자를
지푸라기 보듯 하는 너는 누구냐

16.
얼굴을 쓸어내린다
정수리부터 목 아래까지

아무것도 없다
아 혼자 남았구나

눈과 코와 입이 있으면
누구나 아름답다
작은 손바닥에도
세상이 그 안에 있으므로

숨을 멈추고
내려가고 싶다
흐물흐물 수면에 떠도는 대신
등에 실리는 온 바다의 무게

한없이 잠수하라
아가미만 남아
붉게 물든 아가미만 남아
온 바다를 뱉어버릴 때까지

17.
마음속에 슬픈 일 많고
세상은 떠도는 소문만 가득

가을이면 잎새뿐 아니라
가벼운 건 모두 가까이 와서
눈에 안 보이는 먼지조차
눈물이 되려 하네
날벌레여 창문 두드리는 날벌레여
외딴집 불빛 따라 들어와
날개 접고 쉴 수 있겠느냐

한 권 얇은 시집 속에 누웠다가
눈 내리는 한 밤
백발 휘두르며 노래하겠느냐

18.

너는 포도주 내가 물이라면
물과 포도주를 섞을 수 없으니
손으로 가르듯 갈라지자꾸나

고난의 쓴 물 같은 우리가
기쁨의 포도주가 되려면
다시 한번 사랑을 서약해야 하리

포도주가 된 주님의 피를 마시고
그의 살인 떡을 뗀 후
다시는 너와 나 갈라 지지 말자

19.

물이 끓는 섭씨 백도
얼어붙는 영하 백도는 못 참아요

내 몸의 상온은 37°
이대로 살게해주어요
나 말고 또, 한 사람 사랑하면
내 몸처럼 따뜻해지지만

나 말고 또, 한 사람 미워하면
이 세상 얼음나라로 끝날 테죠

20.
한 해가 바뀌는 자정
졸지도 주무시지도 않는 하나님
홀로 지키시는 성전 마루
천한 종 엎드려 고하는
기인 메타노이아 그칠 줄 모르네

한 장의 백지가 태어나기까지
그 백지 위에 기록할 첫 마디
내가 거룩하니 너도 거룩하라
눈 부비며
하늘 꼭대기 십자가 우러르네

헐벗고 서신 주님의 형상
종도 벗으리다 했더니
내 옷 벗어 널 입혔다 하시네
다시는 더럽히지 말라 하시네

21.
이 한촌에서 겨울나기 중 하나는
한밤중에 연탄불 가는 일
눈 내리는 밤 깨어 일어나
이미 불길 사윈 걸 알고도

남은 온기를 포기하는 것이 얼마나 힘든지
외딴집에 혼자 사는 내가 어찌 모르리
불길 같은 시를 쓰려는 시인이 어찌 모르리
전소된 연탄재를 쉽게 못 버리나
보이지 않는 것은 믿지 않는 이웃들도
타 버린 연탄재를 미련 없이 버리고
활활 불꽃 냄새 익은 연탄을 꺼내
아낌없이 빌려주는 이 겨울밤

22.
마당 가운데
연탄재가 쌓일수록
눈밭 위로 흘러간 낮과 밤
오 덧없어라

태양의 열량만큼

내뿜는 연탄의 숨구멍
내 혼의 심호흡
새벽마다 붉은 해를 들여 마셨다

사그라지는 불씨
살릴 수 없는 밤이면
새파란 불꽃의 노래를 못 잊어
언 땅 가까이 몸을 낮추었다
포도주병이 노래하듯
마른 손가락 끝이 움 돋듯
푸르른 호흡을 기다려
뜬 눈으로 새우는 밤

높은 곳에서 부르던 이름
낮은 곳에서 들을 것인가
불타는 가시덤불
끌 수 없는 아지랑이로 만날 것인가

23.
오늘은 번개탄 한 개의 열량이
십구공탄 하나를 불붙이지 못하니
온갖 불쏘시개가 소용없다

난로를 들여놓지 말걸
명색이 개량 농가인 내 집은
온돌 대신 보일러 난방
등유 떨어지고 연탄 꺼지면 집도 절도 아니다

밖에는 눈발 날리고
일찍 어둠이 깃든 겨울 초저녁
어찌할거나
마당에 화롯불 피워
오늘밤엔 이불 쓰고 밖에서 날까

강아지야 너도 함께 불을 피우자

이제부턴 다르게 살자
옛날처럼 가랑잎 한 짐 두 짐 지고
장작 패고 물 긷고
아주까리기름으로 불 밝히고
처음부터 다시 살아보자
산짐승처럼 살 거나
돌아온 화전민 후예처럼
잿더미 속 불씨 다시 살릴 거나

24.
어머니의 자궁으로 돌아가는 기도
밤하늘의 별자리를 찾아가는 기도

땅에서 끊어진 탯줄이
하늘 아버지께 이어지는 기도

별을 잉태하는 기도
그 별에 생명을 전하는 기도

총성을 멎게 하는 기도
한 영혼이 만인을 살리는 기도

젖줄이 되고
뱃길이 되고

태풍 속에
거목으로 자라는 기도
땅과 하늘이 소통하는 피리

먼바다에 홀로 떠 있어도
여기가 나의 영토라고 증거하는 믿음

25.
성령께서
자기 몸의 주인을
섬기라 말씀하신다

집이 산을 보고 처마를 들 듯
눈을 들어 산과 들을 보며
주인을 기다리는 종처럼 깨어 있으라 하신다

한 세대가 지나면
다음 세대가 이어가듯
한 집의 가계家系를 지키라 명하신다

먼 훗날 돌아올 사람을 위해
벽과 기둥과 천정에
살림의 역사를 남기라고

생존은 무상하고 행위는 무익하니
지금 있는 것이 영원하도록
성령이 거하는 집을 돌보라 하신다

해설

자갈마당에 핀 꽃들

박 석 근(소설가)

시란 무엇인가. 이 물음에 대한 답은 고대 그리스 철학자 아리스토텔레스가 『시학』에서 이미 답했거니와, 이제와 새삼스레 또 묻는 것은 오성근 시인의 「사계절의 묵시」를 읽은 탓이다. 주지하다시피 시란 언어 예술이며 은유적 수사가 그 기반이 된다. 어디 시뿐이랴, 모든 예술적 표현은 예외 없이 그러하다. 수사학이란 달리 말해 설득의 기법으로 아리스토텔레스는 이것을 로고스LOGOS와 파토스PATHOS, 그리고 에토스ETHOS로 나누었다. 시인은 이 세 가지 요소를 고루 갖추어야 하는바, 즉 이성적 논리, 사람의 마음을 건드리는 공감력, 그리고 화자의 신뢰성이 그것이다. 아리스토텔레스는 그중에서도 특히 에토스를 중시했는데, 화자話者의 삶이 사람들로부터 얼마나 신뢰를 얻고 있는가 하는 문제이다. 그런데 오늘날 아리스토텔레스의 이러한 가르침은 더 이상 통용되지 않는다. 심지어는 의도적으로 폐기해버린 느낌마저 든다. 그도 그럴 것이 유명한 예술가치고 인간성 좋은 사람 없다는 말이 회자될 정도니 말이다. 아무튼 에토스는 현대 문예비평이론인 「표현론적 관점」에 그 잔영이 또렷이 비친다. 즉 문예작품은 작가의 사고방식, 경험, 감정, 의식, 가치관의 현현顯現이라는 것이다.

「사계절의 묵시」 시편들은 일상생활에서 나온 것으로, 수사적 기교가 배제된 담백한 언어의 결정체다. 구태여 기교를 부리지 않은 언어로 일상생활을 담은 시편들은 달리 말해 시 쓰는 행위가 곧 일상생활이라는 말이다. "가을배추를 심은 후/ 해 뜨겁기 전 물 주고 나서/ 의사 지바고를 다시 펴면/ 나는 어느덧 멀고 먼 우랄산맥 넘어/ 라라와 동거하던 산골 소읍을 찾아간다 (……)"(「노년의 뜰 13」) "논둑길 지나는 내게/ 풀모기가 발등 깨물며/ 농부처럼 뱉는 소리/ 장화 없이 시골서 살래? (……)"(「메타노이아 4」)

오 시인에게 시란 예술인 동시에 구원을 향한 여정이다. 구원은 메타노이아, 즉 회개의 좁은 문을 통과하는 자만이 다다를 수 있는 경지로, 이 메타포는 시편들의 처음과 끝을 관통한다. 시집 첫 장 첫 구절을 펼쳐보자. "내일 다시 초평에 가리/ 저수지 건너 산골로 들어가면/ 목장 사슴 우는 소리 메아리로 비끼고/ 계곡에 퍼진 들국화/ 잉잉거리는 벌들의 코러스/ 넋나간 듯 낙원에 스며들기 위해"(「들국화 따기 1」) 얼핏, 나 이제 일어나 가리 이니스프리호도로, 하고 노래한 아일랜드 계관시인 예이츠가 떠오른다. 예이츠에게 이니스프리호도가 유토피아였듯 오 시인에게도 초평은 유토피아 즉 낙원이다. 일찍이 워즈워스는 '무지개'에서 만약 무지개를 보고 가슴이 두근거리지 않는 삶이라면 차라리 죽음이 낫다고 선언한 바 있다. 예술가에게 유토피아의 추구는 예술창작의 원천이며 존재이유이기도 한데, 다른 점이 있다면 오 시인의 유토피아는 신앙과 닿아 있다는 것이다. "(……) 홍수로 사라질 세상에/ 풀잎 배라도 띄워/ 돌아갈 곳 하늘나라/ 여기는 내 땅이 아니지"(「손바닥 그림 3」) "어머니의 자궁으로 돌아가는 기도/ 밤하늘 별자리를 찾아가는 기도// 땅에서 끊어진 탯줄이/ 하늘 아버지께 이어지는 기도"(「메타노이아 24」) 예이츠와 워즈워어스와 달리 오 시인의 낙원은 그러니까 땅이 아니라 하늘이다. 왜냐 하면 이 땅에서의 생존은 무상하고 행위는 무익한, 불 교적 용어를 빌자면 제행무상諸行無常이기 때문이다.

이렇듯 시인의 의식 기저에는 기독교사상이 깔려 있지만, 그것과 배치되는 허무의식도 엿보인다. 기실, 허무의식과 기독교사상은 물과 기름처럼 서로 섞일 수 없다. 그렇다면 시인의 허무의식 뿌리는 어딘가. 그걸 밝히기 전에 먼저 시편들의 시간적 순서를 알 필 요가 있다. 시집은 모두 5부로 되어있는데 마치 연어 가 하천을 거슬러 오르듯 작품이 쓰인 시기는 역순이 다. 연어는 알을 낳고 최후를 맞는다. 시인의 운명도 이와 별반 다르지 않을 터. 다른 게 있다면 연어는 알 을 낳고 시인은 시를 낳지 않겠는가. "어느 물안개 낀 새벽/ 잠든 수면에 소리 없이 미끄러져/ 자취 없이 사 라진다 해도/ 천천만만의 들꽃보다 귀한 내 넋 (……)"(「국화 따기 4」) 소멸의 예감 앞에 시인은 비로소 자신의 넋을 자각하며 연어가 모천에 닿을 때까지 혼 신의 힘을 다하듯 생명의지를 드러낸다. "잔인하게 독 하게 숨 막히게/ 한 마리 짐승으로 향기에 취해/ 내 목숨 버히고 버히니/ 초평호에 잠기는 별빛보다/ 잔물결에 흔들리는 들국화보다/ 향기로운 호흡이여"(「들국화 따기 3」) 시인의 생존은 잔인하고 독하고 숨 막힌다. 모진 세월 견디기 위해서는 한 마리 짐승이 되는 수밖에 없고, 어느 날 초평호에 잠기는 별빛보다 잔물결에 흔들리는 들국화보다 향기로운 숨을 쉬었는데, 아마도 그 순간의 느낌은 낙원의 경지였을 터이다.

장미에게 절하라
꽃들 앞에 고개 숙여라
열매 없는 나무처럼
잎만 무성히 푸른
부끄러운 나날들이 흘러갔다
꽃보다 가시를 위해 비에 젖고
햇빛과 바람과 침묵을 놓쳤다
이제 장미에게 절하고
꽃들 앞에 머리를 조아리자
일하듯 기도하는 손
그 손으로
심기도 거두기도 하시는 이가
오늘 자갈마당으로 나를 부르신다
— 「노년의 뜰 1」

꽃들에게 고개 숙여야 한다는 것은 절대적 겸손의 은유적 표현이다. 가난한 시인의 현재 모습을 열매는 없고 잎만 무성히 푸른 나무에 비유된다. 열매 없는 나무가 쓸모없는 나무는 아니다. 잎이 무성하다는 것은 아직 꿈을 버리지 않았다는 것이고 따라서 그건 부끄러운 게 아니다. 식물에게조차 머리를 조아리며 극도로 겸손해진 시인은 마침내 신의 부르심을 듣는다. 그런데 그곳은 푸른 초원의 유토피아가 아니라 풀 한 포기 나지 않는 자갈마당이다. 시인은 그곳으로 기꺼이 가고자 한다. 자갈마당은 무거운 십자가의 다른 이름이다. 신앙인은 십자가를 지고 그 고통을 기꺼이 감내하는 사람이다. 낙원에 이르기 위해서는 반드시 십자가 고통을 겪어야 한다. 그러니 역설적으로 십자가 고통은 축복이기도 한 것이다. 그런데 십자가의 길은 더없이 지난하고 고독하며 때로는 짐승처럼 잔인하고 독하고 숨 막힌다. 그 길의 과정에 시가 창작된다.

문패 없는 내 집 마당은
어느덧 가을 나비들의 통로
햇볕만 따가운
향기 없는 자갈마당을 어찌 찾아오는가

빈집 댓돌에 엎드려
잠시 여신처럼 잠들려는 걸까
내 시름 한가득 지고 지금 막
고추밭 너머 사라지는 눈먼 사랑이여
　　　　　　　　　　　　　—「노년의 뜰 4」

　어느 가을날, 시인의 자갈마당에 무심코 나비들이
날아든다. 그중 한 마리가 댓돌에 잠시 앉았다 풀풀
날아가고 문득 떠나버린 사랑을 떠올린다. 그 사랑은
요즘 말로 심플하게 떠난 게 아니라 내게 시름을 한가
득 안겼고, 내 사랑은 결국 눈이 멀었다. 그런데 시인
은 그 떠난 사랑을 원망하지 않을 뿐만 아니라 오히려
그리워한다. 시인의 마당이 자갈인 이유를 비로소 알
겠다. 내게 시름 한가득 안기고 떠나버린 사랑을 거꾸
로 내 시름을 한가득 대신 짊어지고 나비처럼 풀풀 날
아가 버렸고 그렇기 때문에 그 사랑은 나보다 오래 살
아야 하는 것이다. "나는 아니지/ 마지막에 남을 자/
나는 아니지/ 그래서 네가 있다"(「손바닥 그림 3」)

　가끔씩 나비가 날아오는 자갈마당에 사는 시인에게
가난은 극복의 대상이 아니라 익숙함의 대상이다. "떨
어진 풋고추 몇 개/ 버리기 아까워 입에 넣었더니/ 밋

밋하고 엷은 풀 맛/ 아침 점심 저녁까지/ 깻잎 창우 풋고추로 가득한 배/ 푸른똥을 누도록 소처럼 배를 채우니 (⋯⋯) 꿈에서 나는 푸성귀가 되리/ 발갛게 익는 토마토가 되리 (⋯⋯)"(「노년의 뜰 9」) "오직 네 그루만/ 텃밭에 남겼으니// 보리수 하나 매실 둘/ 올해 심은 어린 대추// 가난은 부끄럽지 않아도/ 아주 가난치 않게// 과실수 네 그루/ 내 가진 것 전부네/ 젖소나 새끼 밴 염소 대신/ 여윈 나무들// 수백 평 묵은 땅 임자는/ 어디 사는지 알 수 없고// 해 뜨고 지기까지/ 시 짓기에 고단하지만// 사방 십여 리 안팎에/ 수천 그루 시상을 가꾸는 중이네"(「메타노이아 12」) 이렇듯 가난은 시인에게 그다지 문제 되지 않는다. 문제는 고독이고 세상으로부터 자신의 존재가 잊혀져가는 것이다. 기실, 잊힌다는 건 사라짐과 죽음의 동의어이다. 아프리카 속담에 죽음은 기억에서 사라지는 것이라 한다. 시인은 어느 가을날 문득 깨닫는다. "날 보고 싶은 이가 한 영혼도 없음을/ 뒤늦게서야 깨닫는 저물녘/ 내 집 흙벽에 등나무 넝쿨 단풍 들어/ 빈집 불난 듯 외치는 데도/ 듣는 이 나 혼자고 (⋯⋯) 곧 해떨어져/ 새들도 잠잠하고/ 그리운 사람 기어이 오지 않아도/ 마지막까지 나를 보는 이 계시니 (⋯⋯)"(「노년의 뜰 10」) 세상과 단절된 흙담집은 무인도와 같다. 무인도에 왜 유폐되었는지 그는 더 이상 묻지 않는다. 회한에 잠기지도 않는다. 사나운 세상인심은 늙어버린 시인을 더는 주목하지 않는다. 하지만 시인은 절망하지 않는다. 사람과 교류를 포기하는 대신 신과의 소통을 희망한다.